詩集
ルカの願い

宮本早苗

土曜美術社出版販売

詩集　ルカの願い＊目次

詩集　ルカの願い

I

白蟻《シロアリ》

我々の祖先がいつ地球に現れたのかは
我々自身にも分からない

分かっているのは
約二億年前に
ゴキブリと共通の祖先から分かれて
進化してきたらしいということだ

蟻がスズメバチと分かれたのは*

一億二千五百万年ぐらい前だそうだから
我々の歴史の方が遥かに古い
それなのに
「白蟻」だなんて納得いかない話だ

我々が地球上で初めて完璧な共同社会を創ったのは
一億五千万年前
蟻は五千万年前にようやく共同社会を創ったに過ぎない
食料としてキノコを栽培する農業方式だって
蟻よりもずっと前に我々の仲間が始めたものだ

生命の繋ぎ方だって我々の方が勝っている
蟻の女王は一回の結婚飛行で得た精子をもとに
二十年も三十年も子供を産み続ける

蟻の雄はと言うと　たった一回の結婚飛行の後は死ぬ宿命だ
雄は必要な時だけ存在すれば良いという考えらしい
我々も結婚飛行は行う
しかし　我々の場合は合コンのようなもので
カップルになった女王と王は翅を落として地中に入り
その後二十年も三十年も連れ添い子供を産み続ける
（我々の王の中には五十年も生きて子孫を残し続けたものもいる）

我々は自然界に棲み
枯れ木や枯れ葉を食べ
自然に還る手助けをしている
それだけではない
本意ではないが　多くの生き物の食料となって
生命を繋ぐ手助けもしている

食物連鎖の根底となり
地上の生態系を支える重要な役割を担っている
それなのに
蟻は農業に役立つ益虫で
白蟻は害虫に過ぎないなどと
ニンゲンはあまりにも無知だ
もっと公平な目で見て欲しい

二億年にも及ぶ我々の歴史の間には
色々な種類の仲間が現れた
その中にはイエシロアリと言う
ニンゲンの家の建築材や
木の電柱などを食い尽くすものも出てきたが
それはごく一部だ

「森の掃除屋」という異名を持つ我々は
常に朽ち木を食べ土に返し　自然界の環境を整えている
決して疎《うと》まれる存在ではないはずだ

自然界では
たくさんの生き物が支え合って生きている
その姿をありのままに見て欲しい
君たちニンゲンが獲得した知性をもってすれば
そんなこと朝飯前だろう
自然界全体が我々を必要としているのだ
そして我々にも
自然界全体が必要なのだ

大切なこと
それは共生し続けること
我々のような古参の者も
君たちのような新参者も
お互いを尊重し合って　上手に棲み分けて
この地球で一緒に暮らしていくこと
それが何よりも大切であることを理解して欲しい

ところで
君たちニンゲンは自然界全体から必要とされているのかい？

＊　二〇二三年現在、遺伝子分析によると、蟻はジュラ紀または白亜紀にミツバチの祖先から分化したと推定されている。

薄翅蜉蝣《ウスバカゲロウ》

我々はカゲロウの仲間ではない
似て非なる者である

考えても見給え
我々は長い幼虫時代（一～三年）を土の中で過ごす
しかし
カゲロウ科は幼虫時代（二～三年）を水の中で過ごす
我々の幼虫時代は餓死との闘いだ

一カ月に一回獲物にありつければラッキー
不運な仲間は三カ月もの絶食に耐えたという
当然肛門なんて遥か昔に退化させた
でも　ほんの少しだけどオシッコはする
（もったいないけど余剰水分の放出だ）

我々はなかなか獲物にありつけないが
その代わり　敵との遭遇も少ない
ご先祖様の深い知恵だ
その点カゲロウ科は水中で暮らしているから
捕食できるチャンスは多いが
自身が獲物になる確率も高いことになる

用心さえすれば我々は成虫の姿で一カ月も生きられる

薄翅蜉蝣と呼ばれる美しい姿で飛び回り
食べる楽しみを存分に味わい
（勿論排泄だって人並みにする）
子孫を残すチャンスだって何回もある

ところが
カゲロウ科は水の中に二～三年もいるのに
漸く成虫になれたと思ったら一日ぐらいの生命だ
中には四～五時間の生命のものさえいる
これじゃあ食べる楽しみや
飛び回って世の中を見る楽しみなんて味わえるはずがない
（成虫になったら食べる必要はないと考えたのか　カゲロウ科は口
を退化させてしまった……　せいぜい水を少し飲める程度だ）
彼らは子孫を残すためだけに半日～一日の生命を使い尽くす

こんな風に比べてみると
我々のご先祖様の知恵（遺伝子）がいかに優れていたか
ご理解戴けただろう
（獲物の体液を吸い尽くすために顎が大きく発達しすぎて　余りの
重さに前に進めなくなってしまったが　これは許容範囲のうちだ）

それなのに
君たちニンゲンが我々につけた名前は
蟻地獄
薄馬鹿下郎なんて書く人もいる……
まあ　名前なんてどうでもいいけど……
でも　こんなに忍耐強い我々でも

獲物となる昆虫がいなくなったら
生きていくことはできない……

我々昆虫の存亡が
これから先のニンゲンの行動にかかっていることを
しっかり自覚して貰いたいものだ

明大通り

晩夏
御茶ノ水駅から三省堂へと向かう辺り一帯を
一匹のミンミンゼミが制圧している

何と激しい自己主張だろう

私は頭の中まで制圧されてしまって
「えっと……
　何処に行こうとしていたんだっけ……」

目的地を見失いそうだ

土の中に六年も七年もいて
ようやく地上に出てきて二～三週間の生命
どんなに大きな声で鳴いても
誰にも責める権利なんてない

ここは外堀からは大分離れているけれど
きっと生まれ故郷は
外堀の木立の中の一本の木の根
（それとも　街路樹の木の根？）

複眼二つ　単眼三つ　五つの眼で見回してみても
歩いているニンゲンか

車に乗っているニンゲンしか見つからないだろう

成虫になったら先は短いから
早いとこ引き上げて
外堀の木立に帰った方が懸命だ
そこにならまだ
思慮深い雌が生き残っているかも知れない

それにしても
カメムシ目ヨコバイ亜目セミ科の連中は逝きっぷりが見事だ
「後悔はない」とばかりに
夏の終わりにはみんな腹を上にして
歩道やら車道やら庭先やら至るところで往生を遂げている

蝉科のミンミンゼミ属よ
あなた方が頼りにしている欅《けやき》の木が風媒花であること
さらに
欅は雌雄同株の用心深い木であることが
僅かばかりの希望を抱かせてくれる

多くの昆虫がこの世から消え去ってしまったとしても
欅が生きている限り
あなたたちは生き残ってくれるのではないかと……

ツクツクボウシ

早朝から夕方まで声を張り上げて
ツクツクボウシが鳴いている

上手になったね
音色もメロディもリズムも
完璧だ

鳴き始めの頃は調子っぱずれで音色も悪く
時々歌を間違えたりして

「おいおい　しっかりしてくれ
　ツクツクボウシだろ?
　それじゃどんな雌にも相手にされないよ」
なんて心配させられたこともあったけど
今じゃ正真正銘のツクツクボウシだ
ＤＮＡに記憶されているとは言え
何度も何度も練習して鳴き方のスキルを上げていくんだね

朝夕は冷えるようになってきたから
君たちの時はもうすぐ終わる
哀愁を漂わせて切なく歌えるようになったのに心残りだね

ニンゲンとは違って
君たちは一生のピークに達した時に去って逝く

この世への未練はないのかい？
名残惜しいとは思わないのかい？

赤とんぼ

布団を取り込もうとベランダに出ると
赤とんぼの群れがすぐ近くでこちらを見ている
ホバリングしながら長い間じっと見つめるので
挨拶されている気になり
「お帰り
　筑波山はどうだった？
　少しは暑さをしのげたのかい？
　こっちは暑くて大変だったよ
　三八度を超えた日が二日もあってね

外出自粛要請が出るほどだったんだよ」と応えた

こんな異常気象じゃ
赤とんぼだって大変だ

もっとも　二億五千万年もの間生命を繋いできた君たちだ
異常気象への対応策は
ＤＮＡに記憶済みかい？

君たちに対応できないこと
それはおそらくニンゲンのエゴによってもたらされるもの
生息地の破壊や
川や田んぼへの農薬や除草剤の流入

君たち五千種のうちの一五パーセントもの種が
絶滅の危機に瀕している事実を
どれだけのニンゲンが知っているだろうか
どんな苦労を重ねて
二億五千万年を生き延びてきたのか
想いを馳せるニンゲンは
どれくらいいるのだろうか

空に憧れ
空を飛びたいと願い
ついに最高の飛行技術を手に入れたトンボ
神々しい翅には造物主が宿っているようだ

その生命

どんなことがあっても
必ず未来に引き継いでいこうね

そしてずっと私たちニンゲンのそばにいて
私たちの行く末を見届けておくれ
自然界と共生の道を選択することができるのか
それとも
富裕層は月に移住し　貧しい者が地球に残るのか
またはその逆のことが起こるのか
地球環境を破壊し尽くした結果
全員で火星に移住することになるのか
地球にニンゲンがいなくなった後
生命はどんな生態系を創り出して行くのか

二七〇度の高精彩な視野をもつ
その大きな複眼で見届けておくれ

＊　現在一年間に四万種以上の生物が絶滅していると言われている。

海の英雄

悲鳴が聞こえる
誰かがシャチに襲われている
助けなければ！

ザトウクジラは全速力で救助に向かう

シャチが何匹いるのか
我が身がどうなるのか
そんなことは問題ではない

全力で闘いシャチを追い払い
窮地の生命を助けるのだ
たとえ相手がホホジロザメであろうとも

食物を得る
獲物を狩る
それは誰もがやっていることだ
しかし
シャチのような残忍なやり方はしない
彼らの狩り方が許せないのだ

子供や弱っているものを大勢で取り囲み
殺戮を楽しむように集団でなぶり殺しにする
弱いもののイジメだ

そんなやり方を見過ごしてはおけない
見て見ぬ振りなどもってのほかだ
シャチが連携して獲物を狩るのなら
我々も連携してシャチと闘う

シャチに「我々に天敵はいない」などと
豪語させてはならない
我々が海の番人として見張っていることを知らしめるのだ

シャチが高い知性を誇るなら
我々ザトウクジラも高い知性を持っている
勇気に裏打ちされた本物の知性だ
この知性をもってシャチと対峙する

そして
連携して立ち向かえば
シャチにも勝利できることを
海の仲間に教えたい
我々を「海の英雄」・「海の救助隊」と呼ぶ人もいる

見返り?
そんなもの要らないよ
知性と勇気を持つものの矜持とでも言っておこうか

海豚《イルカ》

イルカがクジラの仲間だということは合点がいく
もう少し詳しく言うと
ハクジラ科の中の比較的小型のものを総称して
イルカと呼ぶのだそうだ
正式名称は　鯨偶蹄目（クジラウシ目）　鯨反芻亜目　鯨凹歯類
クジラ亜目ハクジラ下目　イルカ
イルカがカバやウシやヒツジと先祖を同じくすることも
彼らの穏やかな性格から納得できる

しかし
イルカとシャチが極めて近い仲間だという説には
どうしても肯《うなず》けない

ところが　シャチは
ハクジラ亜目　マイルカ科　シャチ属　シャチなのだ
マイルカ科なのでは肯くしかない

海の食物連鎖の頂点に君臨し
シロナガスクジラさえ集団で狩り
天敵はいないとされる海のギャングシャチと
ニンゲンともゴンドウクジラとも鳥とも協力して漁を行う
気の良いイルカが
実は極めて近い種だったとは驚く他無い

これをＤＮＡの戯れと捉えるべきか
はたまたＤＮＡの無限の可能性と解釈すべきか

イルカはあらゆる動物の中で最も善良な生き物
ずっとそう思ってきた
たとえば　ミャンマーのエーヤワディー川（旧称イラワジ川）の
イラワジイルカは　ニンゲンと協同して漁をする
ニンゲンから誘う方が多いのだろうが
イルカの方から誘ってくることもある

ニンゲンは計算高いからイルカが誘ってきても相手を見て
「お前は下手だからお前とは組まないよ」
漁師は網を投げようとしない

追い込みの上手なイルカが尾で水面を叩くと
「よし　来た　すぐに行くから待ってなよ」と
手のひら返し

イルカの追い込み漁の技術は母娘相伝なのだそうだ
手際の良い母イルカの娘は
やはり手際よくイルカチームに指示を出し
多くの魚を網の中に追い込む

イルカにとっての利益は
網に入らなかったおこぼれ（の魚）に与《あずか》ることらしいが
どう考えてもニンゲンの利益の方が大きい
それなのにイルカはそれで満足らしい
ここではイルカとニンゲンは対等の関係

いや　イルカの方が主導権を握っているようにも見える
エーヤワディー川の微笑ましい漁法は
今では漁師の数もイルカの数も大分減ってしまい
今後どれくらい続けられるか分からないと言う

イルカとニンゲンが協力し合いながら漁をしている様子は
信頼し合うものが
コミュニケーションを楽しんでいるように見える

アホロートル（ウーパールーパー）

ウーパールーパーとは
日本人が勝手につけた呼び名だそうだ
正式名称はメキシコサラマンダー（サンショウウオ）

メキシコサラマンダーには
大人になっても（性的に成熟しても）
幼児の姿のままの幼形成熟が多く
これらはアホロートルと呼ばれる
そのうちアルビノや白色系のものに日本人は
ウーパールーパーという奇怪な呼び名をつけたようだ

赤児を連想させるその姿は実に愛らしい
ひと目見てすっかり虜になってしまった
その上彼らは驚くべき能力を持っている
ある科学者が
同じ両生類のイモリの眼のレンズを
十九回切り出したらその都度再生したという*
その秘密は赤血球にあるらしい
イモリの赤血球には核（ＤＮＡ）がある
この核たるや約三百二十億塩基対
ヒトの十倍以上のゲノムサイズだ

傷口付近の赤血球のＤＮＡの
どれかのスイッチがオンになると
再生を促すタンパク質が合成され　再生開始

手足や尾は勿論　脳　心臓　眼　脊髄……
何でも　しかも何度でも再生できるというのだ
（ほ乳類は大量の酸素を運ぶために　赤血球の中から
　核やミトコンドリア等を追い出したのだそうだ）
こんな記事を目にしては
「両生類に生まれたかった」と思うのも当然だろう

イモリの寿命そのものは十五年ぐらいらしいが
生きている間はどんなことがあっても元の身体に戻って
何不自由なく暮らせるように遺伝子を設計したわけだ
両生類のご先祖様はよほど聡明だったに違いない
なかでもアホロートルのご先祖様は深謀遠慮
生活の場を水中に限定した
水中だけなら環境の変化への対応もしやすくなる

メキシコサラマンダーが
ソチミルコ湖やチャルコ湖でひっそりと暮らしている*
その様子を想像するだけで嬉しくなる

しかし　全ての両生類が
ヒトによって生息環境を破壊されて
百年後には姿を消していると予想されている
三億年も生命を繋いできたと言うのに……

＊　二〇二三年二月現在、再生に関する研究が更に進んで、イモリは組織幹細胞を使って再生していることが分かった。
＊　二〇二二年現在、ソチミルコ湖もチャルコ湖も埋め立てと開発により消失しているという。ソチミルコの運河にわずかに五〇～一〇〇〇匹のメキシコサラマンダーが生息していると推定されている。

美しさを求めて

昆虫や鳥には
紫外線が見えるのだそうだ

森の宝石と呼ばれる美しい昆虫や
鳥の羽毛の見事な色彩は
彼らが見ている紫外線の世界を反映しているのだろう

金色のボディに青い脚
銀色のボディに青い脚

緑色のボディに赤い脚
赤いボディのものは緑色の脚をしているのだろうか
プラチナコガネの美意識は秀逸だ
ひとくちに金色と言っても赤っぽく光るものなど
様々な光沢に輝いていて
どうも個体ごとに色合いが違うらしい
彼らの棲んでいる色彩の世界がいかに豊かか
想像するだけで胸が騒ぐ

モルフォ蝶　オオムラサキ　ホウセキフタオ　キアゲハ
クロアゲハ　リベルラ　オニヤンマ　赤とんぼ　ハグロ
トンボ　アカスジベッコウトンボ　ヒグラシ　ナナホシキ
ンカメムシ　カタカケフウチョウ　カンザシフウチョウ
アカミノフウチョウ　オオフウチョウ　タンビカンザシフウ

チョウ　ケツァール　カワセミ　ヤマセミ　クジャク
白鷺　キンケイ　ギンケイ　ジョウビタキ　キビタキ
キジ……
数え上げたら切りがない

驚いたことに　モルフォ蝶の翅は透明なのだそうだ
翅に付いている鱗粉の角度によって
太陽光は様々な色彩に分光されるのだという

あの美しい青を反射するために
鱗粉を何度の角度に設定したのだろう
その光を見ると
あまりの美しさに捕食者が茫然自失すると
何故分かったのだろう

遺伝子の為せる業だ
人智の及ぶところではない
それにしても　「美」で我が身を守ろうとは希有な発想だ

しかし　多くの生物が
この稀有な発想を実行しているところを見ると
「美で我が身の安全を図る」は
生物共通の遺伝情報なのかも知れない

エドワード・ギボンの本の中に
その昔　コーカサス地方のある弱小国の住人たちは
際立つ美形で有名で
彼らは毎年近隣の強国に
美しい少年少女を貢ぎ物として差し出して生き延びた

と記してあった
弱いものが身を守るために美を進化させてきたのだろうか
そうだとすると
単に繁殖相手を惹き付けるだけの手段ではなさそうだ
「美」は生き延びるための一縷の希望なのかも知れない

「美」は見るものを幸福にする
決して「破壊」や「殺戮」を連想させない

ニンゲンには紫外線が見えないように
私たちには美の本質が分からないのかも知れない
だから美しいものを
経済的価値に換算しようとするのではないか

Ⅱ

ルカの願い

生命の母ルカ*の最高傑作
シアノバクテリア

酸素濃度二一パーセントの大気を創り
オゾン層まで創って
太陽の強烈な紫外線から地球の生命を守っている
まるでルカの使徒のようだ

しかし

生まれ出た当初は
どのバクテリアからも一顧だにされない
脆弱な存在だったのだろう

太古の昔
三十億年も昔のこと
水素酸化細菌
硫黄酸化細菌
亜硝酸酸化細菌
鉄酸化細菌たちとのエネルギー獲得競争に敗れ
途方に暮れながら海中を彷徨《さまよ》っているうちに
「そうだ
　何とかして自分でエネルギーを創り出そう」
と思いついたに違いない

先ずはエネルギーの元になる水素（H_2）を手に入れたい
周りには大量の水素（H_2）があるのに
酸素（O）がピッタリ結合していて
全く別物の水（H_2O）になっている
水のままでは利用できない
仕方がない
酸素（O）を引き離すために
自分自身の身体から酸素原子（O）を一つ取り出して
太陽光のエネルギーを利用し
水（H_2O）の酸素（O）にくっつけることにした
O_2になった酸素は気泡となって
勢いよく海中に飛び出していく

これでようやく水素（H_2）が手に入った
水素はプロトン（陽子）と電子に分けて利用する
再び太陽光を利用して　プロトンと電子の働きから
アデノシン三リン酸（＝ＡＴＰ）を創る

これからが本番
苦労して創ったＡＴＰを使い二酸化炭素からデンプンを創る
デンプンはさらに糖に変換する
有名なカルビン・ベンソン回路だ

十一種類もの酵素を使い
十数段階に及ぶ化学反応の連鎖の結果
ようやく辿り着いた光合成
精巧・精妙な自給自足の完成形だ

これで安心して暮らせるはずだった

ところが　抜け目のない周囲の細菌たちが
シアノバクテリアが創り出したものを利用し始めた
先ずは酸素
酸素は当時の細菌たちには猛毒だったが
酸素を利用すれば醗酵の十九倍のエネルギーを得られた
さらに
シアノバクテリアを取り込み
エネルギー源として利用しようとするものたちや
彼らの遺伝子を切り取り己がゲノムに組み入れ
自己の能力向上に利用しようとするものたちまで現れた

弱々しいシアノバクテリアに

抵抗する術はなかっただろう

彼らは様々な用途で利用されるようになった
例えば
植物の葉緑体として
動物の眼の網膜として
神経細胞としても利用されているらしい

多様な生命体に
多様な用途で利用され
多種多様な生物が生まれ出た
どのような状況になっても生き続けたいという
ルカの願いを叶えるように

四十億年の生命の歴史の中で五回もの大量絶滅が起こり
生命は存続の危機を経験した
しかし
多様性があればどんな天変地異が起こっても
未来に生命（ＤＮＡ）を繋いでいくことができる

私たちの身体の奥深くで
今なお生き続けているに違いない生命の母ルカ
彼女は
多くの動植物を絶滅に追い込んできた私たちニンゲンの行動を
どんな思いで見つめているのだろうか

＊　Last Universal Common Ancestor（最終普遍共通祖先）略してLUCA。

シークレット・ガーデン

南極大陸の北東部　アンターセー湖
分厚い氷に閉ざされた湖底には
三十億年前の光景が広がっているという
水温〇度　三・五メートルもの氷の下は美しい青一色の世界
植物も魚も存在しない
気の遠くなるような静寂だけが湖を支配している

湖底の浅いところには
柔らかい無数の小さなコブのようなもの

五センチほどの針のようなものも見える
深く潜っていくと
三メートルもある洞窟のような塊
先の尖った網目模様の塔のようなものも見える
そしてどの塊も小さな泡を出している
酸素だ

原初の姿のまま
酸素を地球に送り出しているシアノバクテリア
ここは彼らのシークレット・ガーデン
真っ暗な最深部の湖底でも
シアノバクテリアは光合成を行っている
地球全体が一〇〇〇メートルもの氷に覆われた

全球凍結の時代でさえ　シアノバクテリアは
光の影を捉えて光合成を行っていたという

「自給自足」という
画期的な進化を遂げたシアノバクテリアの
更なる驚異的な進化
約一億年も続いたという全球凍結下での光合成
そして更に
「共生」こそが進化の最終形態であると示すかのように
植物の中では葉緑体として
動物の中では眼の網膜として
多様な進化を遂げ　様々な生命を支えてきた
この究極の生命体は
神々しい紫色を帯びている

しかし現在
シアノバクテリアは新天地を探そうとしている
宇宙に彷徨い出ようとして水蒸気に捉えられ
赤い雨となって地表に降り注いだ
二〇〇一年　インド
二〇一二年　スリランカ
二カ月も降り続いた真っ赤な雨に恐れをなし
人々は天を仰いだ

一体シアノバクテリアに何が起こったというのか

年々深刻になる森林伐採や自然破壊に
「もはや地球に我々の生息場所はなくなる」と
危機を感じているのか

それとも
遺伝子組み換え生物の登場に
「我々が創り上げたRNAやDNAの遺伝情報システムが
人間の都合にあわせて自由に書き換えられてしまう」と
憂慮してのことなのか

地球の生命の進化に貢献してきたシアノバクテリア
彼らが三十億年の長きにわたり
地球全体に与え続けてくれたもの
そして今後も与えてくれるに違いないと
私たちが期待しているもの
それらのすべてが今不条理な暴力に曝され
消滅の危機に瀕している

バランス

約四億一千万年前
植物（鱗木）は太陽光を求めて上へ上へと伸びようとした
より高く伸びるためには頑丈な幹が必要だ
そこで固くて丈夫なリグニンを発明した

ところが　この物質
腐らないのだ

一億二千万年もの間

地表には累々と鱗木が重なり蓄えられることになった
（これらはやがて石炭と呼ばれる化石燃料になる）

困った！
このままでは地表は鱗木に覆い尽くされ
他の生物は生きていけなくなってしまう……
当時生きていた生物たちの悲嘆の声が聞こえるようだ

そこに救世主が現れた
二億九千万年前
白色腐朽菌がリグニンを分解する能力を獲得してくれた
白色腐朽菌　すなわち「きのこ」の誕生だ

きのこは鱗木のリグニンを分解してバクテリアのエサとし
鱗木を土に還す役割を果たしてくれた
（勿論現在でも植物を分解して土に還している）

その後　植物ときのこは新たな関係を築き上げた
きのこは
地中深く広く伸ばした菌糸から吸い上げた栄養素や水分を
植物の根に与え
植物は
光合成によって創り出した栄養素（糖）を菌糸に与えている
つまり　共生関係に発展したわけだ

きのことは良好な関係を築いた植物だが
恐竜に対しては厳しい態度で臨んだらしい

ある学者によると
森林を食い荒らすだけの大食漢恐竜への対抗策として
植物は「被子植物」を生み出したのだそうだ
恐竜が身をかがめても届かない低身長
やわやわとしていてかみ砕けない花びら
これで草食恐竜を淘汰し
ひいては肉食恐竜も淘汰するはずだった

ところが　六千六百万年前　突然隕石が衝突してきて
恐竜はあっけなく滅んでしまった（鳥類を除いて）
植物の方は
知恵の限りを尽くして創り出した被子植物が大繁栄を遂げていく

赤潮とウィルスの関係も絶妙だ

赤潮が発生するとある種のウィルスが増殖し
（約一カ月をかけて） 赤潮を解消するのだという

赤潮をそのまま放置しておけば近海は酸欠状態になり
多くの生命体が死滅し　バランスが崩れる
ウィルスはそれを防いでいるらしい

その他にも
重油を食べるバクテリアや
プラスチックを分解するバクテリアの登場など
自然界の仕組みは実に良くできている

何ものかが自然界のバランスを崩すと
バランスを回復するために

必ず必要なものを生み出す仕組みだ
造物主の意図でもあるかのように

ところが　現在　ニンゲンは
自然界の仕組みでは修復しきれない速さと規模で
環境破壊を行っている
自然界のバランスの輪を壊してしまったのだ

今　自然界のバランスを回復させるために
できる限りの手立てを講じなければ
野生の動植物を巻き込んで
生命は六回目の大量絶滅に直面することになる
一刻の猶予もない
私たち一人ひとりの行動が問われている

奇想天外（不死の二枚葉）

ナミブ砂漠の奥地
たった二枚の薄い葉っぱで
二千年の寿命を生きる奇想天外
この頑固者は種の誕生から二億五千万年以上
この地で生き続けている

パンゲア大陸やゴンドワナ大陸と呼ばれていた頃
この地は温暖湿潤なモンスーン気候
快適な環境だった

ところが　一億六千五百万年前
南アメリカ大陸が分かれて移動していくと
生息地は二分され
環境が激変
砂漠化が始まった

こんな地では生きていけない
どうすれば良いのか？

奇想天外は考えた
この地に踏みとどまり
この地に合った生き方を見出そう

頼りにしたのは
涸れ川の地下水脈と
二～三日に一度朝方もたらされる
ベンゲラ海流の海霧

くねくねと捻れる薄い葉っぱのたくさんの気孔は
二酸化炭素や霧の取り入れだけではなく
日中には体温を放出し
身体を冷やす役割にも使うことにした
葉について水滴となった海霧は
地面に落として吸収する

否応のない環境の変化の中で　工夫に工夫を重ね
忍耐強く古生代から現在まで生きている奇想天外

類似するものは何もない
だから　一科一属一種
裸子植物・雌雄異株・風媒花
（時にはカメムシによる受粉もあるらしい）

一月二十一日　快晴の午後
五年ぶりに「筑波実験植物園」の奇想天外に逢いに行った
三体とも元気で大きくなっていた
雄株は蕾もつけていた

二億五千万年を生き抜いた生命の叡智がここにある

アリ植物

植物は常に私たち動物の一歩前を進化しているというが
本当は三歩も四歩も前を進化しているのではないか
アリ植物などを見ているとそう思わざるを得ない
さらに
植物は見たり聴いたり匂いを嗅いだりしているのではないか
そんなことまで想像させられてしまう

熱帯のマングローブ等に着生するアリノトリデは
本物そっくりの蟻の巣を自身の茎の中に作り

住まいとして蟻に提供する
その代わり
蟻の排泄物や死骸やその他諸々を栄養分として戴く

アリノトリデ自身のすることは
木に着生して発芽し内部に蟻の巣を作ること
それだけ
あとは何をする必要もない
蟻が栄養を提供してくれる
それを吸収することがアリノトリデの唯一の仕事

一体どのようにして迷路のような蟻の巣の形を知ったのか
どんなフェロモン（化学物質）を使って
蟻を呼び寄せ契約を結んだのか

不思議でならない

同じくアリ植物のアリアカシアはもっと強《したた》かで
住まいの他に食料も提供する
蟻を中毒にする甘い樹液だ
さらに　蟻の幼虫用の食料まで用意する

蟻は一家眷属《けんぞく》何世代もボディーガードとして
害虫や蔓《つる》植物などからアリアカシアを守り続ける

アリ植物は五百種類もあるのだそうだが
アリ植物に限らず植物の方が一枚上手のように思える
蟻だけではなく
他の昆虫や動物たちも上手く使われているのだろう

植物たちは
他の生物も生きていけるようなシステムを創り上げた
どんな種の生き物も
何らかの役割を担っている完結したシステムだ

植物たちが創り上げた共生という仕組みは
何億年もの模索の末に辿り着いた最良の答えなのだろう
すべての生命体には生きる権利があると悟った
植物たちの深い知恵なのかも知れない

烏瓜《カラスウリ》

夏の宵に
純白のレースで身を飾って
スズメガを待ちわびる
カラスウリ

溜息が出るほど繊細で優美な花の形が
スズメガのために創り出されたとは
誰に想像できただろうか

月光の化身かと思えるほどに

白く
美しく
密やかに
儚げに
見るものの心を奪う
幻想的な花びらは
手で触れることをためらわせるほど
崇高だ

気が遠くなるほど
長い時間をかけて
カラスウリは
スズメガのために
美しくより美しく

意匠を凝らし
スズメガは
カラスウリのために
細長くより細長く
口吻を伸ばした

こんなにも
深い絆で結ばれている花と昆虫の世界を
霊長目ヒト科ヒト属の経済的欲望を満たすためだけに
絶滅させてしまってよいものか……

何千万年もの間受け継がれてきたこの営みが
今後百年足らずの内にこの世から消滅させられてしまうとは
余りにも悲しすぎる……

桃絵巻《モモエマキ》

千客万来
どなた様も大歓迎
目を見張るほど美しい容姿とは裏腹に
桃絵巻は太っ腹だ

誰をも招き入れようと
大輪に咲き誇る優雅な花の形は
トランペットのような裾広がり

匂うように輝く何枚もの花びらは
ピンクのグラデーション
先端の薄紫から桃色へと移ろい
花芯に辿り着くころには
仄《ほの》かなピンクに変わっている
そして
白い雄しべの乳白色の花粉

一夜限りの妖艶な饗宴

どなた様もお好きなだけ花粉を召し上がれ

夏の夜に

なまめかしい色彩の記憶を残して
サボテンの花
エキノピシス属桃絵巻は
幻のように消えていく

桃絵巻よ
百年後に貴女の饗宴に与れる翅虫は
どれくらい生き残っているのだろうか……

砥草《トクサ》

砥草は三億年も前から命を繋いできた生きた化石だ
シダ植物
トクサ亜綱トクサ目トクサ科トクサ属トクサ

涼しい顔をして
庭木の下なんかに遠慮深そうに生えているから
貴方がそんなに凄い存在だなんて
想像したことも無かった

小学生の頃は
鉛筆の芯を尖らせるのに使ったりしたものだ

それにしても
その華奢な身体で三億年も生き抜いてきたなんて
脱帽
ただただ脱帽
思慮深い希有な生命体だったのですね
貴方は

昆虫や両生類が進化して行く様も
恐竜が現れて全盛を極めて滅んでいった様も
遠くの方から
涼しい顔をして

じっと見つめていたのですね
そして
その記憶をＤＮＡに刻んで子孫に伝えてきたのですね

そんな貴方の来し方を考えると
生命の母ルカの意志を受け継いでいるように思える
他と争わず
何ものをも傷つけず
種を絶やすことなく
未来永劫生き続けたいと願った
最初の生命の意志を

それにしても
砥草はあまりに控えめすぎる

もっと自己主張して
もっと繁栄しようと努めてもよいのではないか
だが　それは私たちニンゲンの欲望で
砥草の生き方とは相容れないものなのだろう

おそらく貴方たちの望みは
生き長らえること
砥草という種を地球最後の日まで存続させること
誰の目にも止まらないような隅っこで
細々と命を繋いでいくこと
今までがそうであったように
これから先もずっとこのまま

銀杏

二億年も前から生きていただなんて
その美しい緑（ライムグリーンが新緑の基準の色だそうだ）
美しい黄葉は誰のため？

裸子植物門
イチョウ綱イチョウ目イチョウ科イチョウ属イチョウ
雌雄異株・風媒花
銀杏は特殊な針葉樹らしい

二百万年前の氷期にほぼ絶滅
中国の安徽省の谷間にひっそりと自生していたものを
十一世紀初め
北宋王朝の都に植栽され広まったのだとか

日本の記録に初めて登場するのは室町時代
そして江戸時代には長崎からオランダへ
そしてヨーロッパへ

銀杏は美しいだけではない
江戸時代には日除け地で防災の役割を担い
関東大震災の時には延焼を防いだ

銀杏は伝統工芸を伝える孤高の職人を連想させる

作品を生み出すための幾多の工程の
どのひとつも変えることなく
古からのやり方を守り通し
律儀に　頑固に
比類無く美しいものを創り出す卓越した技
驕らず昂ぶらず
淡々として己が道を行く堅実さ

千年前に中国安徽省の谷間で
ニンゲンが銀杏に出逢った季節は
黄金に輝く秋だったのだろうか
それとも
美しい緑を纏った春だったのだろうか
おそらくその人は銀杏に恋をしてしまったのだろう

いや　もしかしたら　銀杏
君がそうなるように仕掛けたのかい？
フェロモン（化学物質）で誘惑するのは
君たち植物の十八番だろう？
君がニンゲンをパートナーに選んだのかい？

露草

夏の朝まだき
家の裏の竹林を通り抜けると
まだ眠りから覚めやらぬ畑地が広がる
野面に露がキラキラ輝いて

露に濡れた畦道には
朝露を纏った露草が
寂しげに

深い藍色がより深く澄んで

寂しさは切なさへと変わっていく
こんなに美しい花なのに辺りに虫の気配はない

花粉をつけるのは長く伸びた二本の雄しべだけ
他の四本は葯のような形をしているものの
花粉を作らないのだそうだ
そのうえ露草は蜜を作らない

昆虫たちは
長い年月のうちに
そのことは学習済み
残念ながら虫たちは近寄って来そうにない

誰も騙されないのなら仕方ない

露草は自家受粉することに決めた

露草の殆どが
自家受粉で繁殖しているのに
何故黄色の葯もどきを付けたりするのか
不思議になる

今はまだ進化の途中で
いつかは葯もどきも
美しい青い花びらも消し去るつもりなのか

朝早く
儚げにうつむきかげんに咲いている露草

その美しい青が
服についてもすぐ水で流されてしまうのは
自家受粉が原因なのではないか……
ニンゲンは
その特性を利用する方法を編み出したが
露草にとっては水に溶ける青は何だか悲しいね

でも
自家受粉を選択したことで
地球上に昆虫がいなくなってしまったとしても
生命を繋いでいける可能性は大きくなった
そう思って
胸をなでおろそう

金木犀

日本の金木犀は全て雄株なのだとか……
挿し木によってクローンを増やし続けてきたことになる

それなのに　雌株がいなくても秋には必ず花を付ける
雌株に届けて欲しいという渾身の願いを込めて
芳しい匂いで虫も呼び寄せる
中国まで行かなければ雌株には出逢えないのに……

江戸時代の商人が
あまり芳しくない雌株は
輸入する必要はないと判断した結果だとか……
金木犀の行く末など考えようともしないで

日本中の金木犀の遺伝子を調べたら
数本の親木に辿り着くのではないか

クローンはドリーが証明したように
脆弱な存在なのに

金木犀の甘い香を嗅ぐと何故か悲しくなるのは
金木犀の悲しみが伝わってくるからかも知れない

白粉花《オシロイバナ》

十一月二十六日午後三時半
今にも降ってきそうな曇天
摂氏七度
天気予報に拠ると年末年始の頃の気温だとか
それでも道端にはオシロイバナが咲いている
しかも幾つも

相棒のスズメガはもう死に絶えてしまっただろうに

一体誰を待っているのか
何を待っているのか
それともただ単に体力がある限り花を咲かせているだけなのか

師走の足音が聞こえるこんな寒空に
スズメガなんているはずがないのに
それでも花を咲かせ続ける
誰の目にも止まらなそうな道端の隅っこで
人知れず咲き　人知れず果てる

実を結べなくても悔いは無い
大切なのは体力がある限り花を咲かせ続けることだ
もしも寝ぼけたスズメガが生き残っていたら
蜜がなくては困るではないか

白粉花の声が聞こえるようだ
植物の賢い知恵だ
どこまでも手を差し伸べ慈しむ
相棒への深い愛情だ

桜

深山木《みやまぎ》のその梢とも見えざりし桜は花にあらはれにけり
—源頼政—

二月七日午後一時
立春を過ぎたばかりの寒空を
大きく腕を広げて抱きかかえている
さくら
三日前は枯れ木の山に埋もれていたのに
今日は大空を掴もうとしなやかに枝々を伸ばしている

その幹の潤い
芽吹きの歓びを想わせる枝々
遠くにいる春に呼びかけているようだ

胸が疼く

源頼政は
桜と自身を重ね合わせていたのだろうか

でも
桜は花の前から
その風情でそれと知らしめている
間違いようがない

遠くの春を招き寄せるようなその風情に
薄い　頼りない陽の光が伴奏者のように寄り添う

こんな時季の桜もまた美しい

Ⅲ

山茶花《サザンカ》

山茶花の花を見ると想い出す

父が悪性リンパ腫で
長い闘病生活をしていた頃だから
もう二十四年も前の話だ

その頃紅クラゲという
驚異の遺伝子をもつクラゲが発見されて
科学番組で賑々《にぎにぎ》しく報道されていた

紅クラゲは不死なのだという
何ものかに捕食されてしまわない限り
彼らは何度でも生きなおすのだそうだ

生殖年齢を過ぎると
ギュウンと縮こまりポリプの状態に戻り
また成長して大人になる
これを何度でも繰り返す
つまり　何ものかの餌になり消化されてしまわない限り
永遠に生き続けることができるわけだ

このニュースは頗《すこぶ》る私を魅了した

私は早速父に伝えた
「あと十年も頑張れば
紅クラゲの遺伝子で
きっと私たちも不死になれる」と

ところが
父の返答は意外なものだった
「それはダメだ
絶対にダメだ
他の生き物ならどんな生き物でも
永遠に生き続けても良いが
人間だけはダメだ

人間だけは不死になってはいけない

人間は死ななければならない
たとえ聖人であっても
不死になってはならない

お前は戦争を知らないから
人間というものの本性を知らない
人間とはどんな生き物なのか
戦場でつくづく思い知らされた
だから確信をもって言える
人間はどの一人も
永遠の生命を手に入れてはならない」

その言葉通り
父は寿命が尽きてこの世を去って逝った

父の愛した山茶花の花が咲き始めた
霜が降り始める頃
花の記憶を思い出させてくれるように
片隅でひっそりと咲く
山茶花のような花が
人には必要だと言っていた

銀杏並木

金色《こんじき》に輝く銀杏並木に
いままさに陽は沈もうとしている

少女たちが三人
楽しそうに語らいながら
こちらに向かって歩いて来る

一人の少女が私の視線を捉えた

少女は何も言わずにくるりと振り返った
二人の少女も無言で振り返った

グランドに続く小道の銀杏並木は
青く澄んだ空に黄金のように輝いていて
陽は風景を赤く染めながら
いままさに沈もうとしている

私は校舎の昇降口に佇んで銀杏並木を見ていた

どれくらい経っただろうか

太陽がすっかり木立に隠れると
少女たちはじっと私を見つめ

にっこり笑って　「さようなら」
私も微笑みながら　「さようなら」

そして
楽しそうに語らいながら遠ざかっていく
少女たちの後ろ姿を見送った
銀杏が紡いでくれた束の間の小さな想い出

小さな秘密

晩秋の美しい午後
小さな公園に続く小さな築山の上で
小さな風がクルクルッと舞い上がっては舞い下り
舞い上がっては舞い下り……

小さな風の真ん中で
木の葉たちもクルクルッと舞い上がっては舞い下り
舞い上がっては舞い下り……
踊っているかのようにリズミカルに楽しげに……

一幕の舞踏が終わった
時が動き出した

私は深呼吸して
授業を再開しようとした

すると
後部座席のおませな少年が
「先生　今　気持ち良かったね」
「えっ　君も気持ち良かったの？」
他の少年が
「僕だって気持ち良かったよ」
僕も　私も……ということになり

「今気持ち良かった人　手をあげて」
みんな一斉に手をあげた
「じゃあ　みんなで気持ちの良い時間を過ごしていたんだね
良かった！」

「でも　このことは誰にも言わない方が良いよ」
おませな少年が口を挟んできた
「だって　授業中にみんなで窓の外を見ていたなんてバレたら
先生　叱られるだろ？
だからこれはみんなの秘密だよ」

お説ごもっとも
こんなことは誰にも言っちゃいけない
誰にもナイショ

二十五年も前のこんな小さな秘密を
覚えている子が誰かいるだろうか

パンドラの箱

パンドラの箱が開けられた
チャタレイ夫人には希望が残っていたが
第二次世界大戦の後に生まれた私たちには
ずっしりと重い絶望と
とぐろを巻いてうずくまる虚無しか残されていなかった

悲しいかな
生き物は惨事に遭遇するとその記憶を
遺伝子に託して子孫に伝えようとする

私たちが受け継いだ最も新しい遺伝子は
絶望と虚無

そして　その遺伝子が発現した

この世に生まれ出たことには何の価値もない
この世に生きていることには何の意味もない
信じられることなどあるはずもなく
信じられる者など存在しない

ニンゲンと物質の間には何の違いもなく
生命活動など単なる化学反応の連鎖に過ぎない
死んだら元の原子に戻る
ただそれだけのこと

魂などと呼んでいるものは
脳内の神経伝達物質が創り出す
虚像に過ぎない
愛などとご大層に叫んでいる感情は
種を繋いでいくために遺伝子が創り出した
あやかしに過ぎない
国家も社会も組織も　ニンゲンが作るものはすべて
プラトンが言うように
洞窟の壁に映る影に過ぎない

ここにこうして座っていると
向こう側が透けて見えるほど
私は空っぽだ
歓びも悲しみも

感情というものが湧いてこない

しかし　身体の奥の方から何ものかが語りかけてくる

大切なものは何か
それは草木の間を歩いていれば自ずと分かってくる
何を大切にすべきか
それは生まれ出ずるものを見ていれば自ずと照らし出されてくる
生きている意味とは何か
それは何気なく過ごしている時の先々で
ほんの少しずつ育まれ
潮が満ちるように
いつの間にか己が内部に満ちているもの
だから　目をこらして己が内部を見つめよ

大切なものはすべて私たちの内側にあると
声なき声は教えてくれる

ウッドストック

一九六九年八月十八日の朝
コンサート会場は爆撃音に襲われた
四十万人を超える若者たちは無言で立ち尽くした

戦争はイヤだ
愛が欲しい
必要なのは平和だ

戦争のない世界を創るには

今までとは全く違う価値観が必要だ
新しい音楽・新しい絵画・新しい映画が必要だ
新しい文学・新しい哲学・新しい経済学が必要だ

そう叫びながら世界各地から集まって来たのに
最終日（三日目）になって
ジミ・ヘンドリックスが奏でるアメリカ合衆国の国歌が
若者たちを現実に引き戻した

第二次世界大戦だけで八千万人もの人命が奪われたのに
その後も「国家」という名の下に繰り返される戦争

二〇一五年現在
戦後七十年で戦争をしなかった国は百九十三カ国中

わずかに八カ国
第二次世界大戦から何も学ばなかったのかと
不思議になる

私たちの遺伝子には
先人たちの記憶が刻まれているはずなのに
戦争の恐ろしさが刻印されているはずなのに
二〇二二年現在も侵略戦争が続いているということは
最新の遺伝子が発現しない
権力欲の亡者たちが今なお跋扈《ばっこ》していることの証明なのか

ウッドストックに集まった四十万人もの若者たちは
ドクターヘリや周辺住民たちの食料援助を受けながら
三日間　一人の負傷者も一人の死者も

一つのトラブルも起こさずに帰路についた

一九五五年に始まったとされるベトナム戦争では
一九六二年以降十年もの間枯葉剤が散布され
一九六五年から開始されたアメリカ軍による
北爆の結果　戦いは凄惨を極めた

六百万人を超える人命を奪い
二百万人以上の行方不明者を出して
一九七五年　ベトナム戦争は漸く終結した

若葉

ベランダの遥か向こうで
生まれたばかりの若葉たちが
さかんにおしゃべりしている

様々な緑が
様々なことばで語り合っているようだが
生まれたての緑はどれもみな
とびきりに美しい

やわやわとして
みずみずしく
手で触れることをためらわせるほど
貴いありさまで現れた
生きようとするものたちよ
初めは
何だってみんな美しかったのだ
生まれたての若葉のように

薄紅の柔らかい褥《しとね》の中から
ほんの少しずつ顔を覗かせる
緑の使者たちよ

いわばしる垂水の上で

小川のほとりで
田んぼや畑のあぜ道で
春を楽しみ
春を楽しませる
高貴な使いの群れたちよ

倦《う》むことなく
未来永劫
生命の賛歌を楽しもうとするものたちよ
その輪廻は歓びに満ちている

生まれようとすること
生まれ出ること
生まれ出たこと

その不思議
その歓びを
黙って噛みしめ
享受せよと
諭している

それはあたかも
春の曙の霞のように儚いものだからと

あとがき

自然界の不思議・素晴らしさを最初に教えてくれたのはＢＢＣの自然番組プロデューサー、デイビッド・アッテンボローだった。

彼の初期の作品の「植物たちの挑戦」がＮＨＫで放送されたのは一九九七年頃だったように記憶している。

鮮明で美しい画像とアッテンボローの的確な解説は画期的だった。あまりに興味深かったので録画を繰り返し何回も見ていたらテープが伸びてしまい、画像はチラチラするし音声も間延びしてしまい、後悔したのを覚えている。

しかし、その後もアッテンボローの作品を見つけては録画し、何回も番組内容を楽しんだ。

その後科学は日進月歩の勢いで発達し、植物たちの世界もさらに微細に詳しく知られるようになって、植物たちが地球に果たしている役割も広く私たちの知るところとなった。

そしてそれと同時に、年々森林が破壊され二酸化炭素が増加し地球の温暖化が加速され環境破壊へと繋がったことも判明した。

それなのに現在でも広大な森林が伐採され緑地が失われている。

さらに、農業の分野では収穫量を上げるために大量の農薬がまかれ、多くの生物が生命を落としたり、生息域を奪われて絶滅の危機に瀕している。

この現状を何とかしなければならないと考えている人はたくさんいるはずだ。私もその一人だが、具体的な行動となると、二酸化炭素の排出量を抑えるためにできるだけ車を使用しない、節電を心がける、重ね着をしてガスファンヒーターの設定温度を低くする、ゴミの分別をしっかりして可燃ゴミを減らすぐらいしか思いつかない。病身の私には具体的にアクティブに行動することは不可能だから、私でもできることを考えてみた。

私にもできそうなこと、それは物言わぬ動植物に代わって詩を書き、彼らの現状を一人でも多くの人に伝えること。動植物が置かれている現状を理解してくれた誰かが地球温暖化防止や環境破壊防止のために何かをしてくれるのではないか、そんな一縷の希望を抱いてこの詩集を出版することにした。

詩集出版にあたり、土曜美術社出版販売の高木祐子氏には詩集の構成や表紙カバーの作成、その他多くの面でご高配を戴き、また心温まる読後感までお寄せ戴き深く感謝申し上げる。極めて丁寧な校正をしてくださった担当者の方にも厚くお礼を申し上げたい。

二〇二三年　春

宮本早苗

著者略歴

宮本早苗（みやもと・さなえ）

1950年生まれ

詩集『夜の声』（学研）

現住所　〒300-0048　茨城県土浦市田中1-7-7-606

詩集　ルカの願《ねが》い

発行　二〇二三年八月十日

著者　宮本早苗
装丁　直井和夫
発行者　高木祐子
発行所　土曜美術社出版販売
〒162-0813　東京都新宿区東五軒町三―一〇
電話　〇三―五二二九―〇七三〇
FAX　〇三―五二二九―〇七三二
振替　〇〇一六〇―九―七五六九〇九
印刷・製本　モリモト印刷
ISBN978-4-8120-2773-8　C0092